麋月集

陈秋歌 ◎ 著

图书在版编目（CIP）数据

麋月集 / 陈秋歌著. -- 成都：成都时代出版社，2016.12

ISBN 978-7-5464-1783-7

Ⅰ．①麋… Ⅱ．①陈… Ⅲ．①诗集－中国－当代 Ⅳ．① I227

中国版本图书馆 CIP 数据核字（2016）第 301996 号

麋月集
MIYUE JI

陈秋歌 著

出 品 人	石碧川
责任编辑	李卫平
责任校对	张　巧
装帧设计	成都修远文化
责任印制	干燕飞

出版发行	成都时代出版社
电　　话	（028）86742352（编辑部）
	（028）86615250（发行部）
网　　址	www.chengdusd.com
印　　刷	四川金邦印务有限公司
规　　格	145mm×210mm
印　　张	4.875
字　　数	100 千
版　　次	2017 年 2 月第 1 版
印　　次	2017 年 2 月第 1 次印刷
书　　号	ISBN 978-7-5464-1783-7
定　　价	32.00 元

著作权所有·违者必究

本书若出现印装质量问题，请与工厂联系。电话：（028）87781035

真诚且完美的展陈

代序

收获的季节,品味秋歌诗韵墨香,不妨来一次美丽的"碰瓷",触摸一位知性女人多姿多彩的情感世界,互拥感悟,砥砺前行。

诗如其人。率性是她诗集的主基调,充满对人生、对家庭、对自己的思考和对情感的宣泄,敢于亮开自己的灵魂,现实中的她就是如此。

情浓似酒。感情的充沛来源于生活的沉淀,更源自对生活的热爱。一个微小的细节都会在她的诗中变成浓烈醉人的酒浆。

思不从流。有思维张力的诗一定能引起遐想,独特的个性见解成为她诗集的一道靓丽的风景线。

意韵融融。尽其心志酿出《糜月集》,期待意境构建更进一步,既然有如此令人钦佩的第一次尝试。

走近她,用心悟。虽是诗海的一朵小浪花,却有独特的韵味值得慢慢咀嚼。

张 红

2016 年 9 月

目 录

11　卖唱的阿岩
12　酒的自述
13　劳伦斯式的爱情
14　我和你
15　赫本的肖像
16　如果上天只安排
17　儿子的心愿
18　故乡
19　淘气的孩子
20　骆驼 蝼蚁 人
21　生活
23　网
24　千手观音
25　古般若寺
26　四季（组诗）
28　高棉的微笑
31　探险

33　那一刻
35　母　亲
36　书　画
37　三　世
38　梦
39　生命中的执着
41　雾
42　婆婆纳
44　我的爱人
46　指　针
47　野白菊
48　夏日午后
49　苗寨笙歌
50　无瑕的玉器
51　青　春
53　残　缺
54　诗　意
55　守　望
56　小　草
57　小　雨
58　相　信

59	无 诗
61	读 书
62	拙劣的诗卷
63	昙 花
64	无 题
66	转 换
67	山 岫
68	缘 故
69	并 蒂
70	孔雀东南飞
72	告 别
73	炎夏里的轨迹
74	诗人的眼泪
75	彷徨少年
78	香山钟声
79	雪
80	梨花点点
81	雨后的感思
82	贡多拉
84	梦中花红
85	离 别

86　芙蓉花开
88　蒲公英
89　归隐小南海
91　进跋
93　沉寂
94　秀场
96　花园
97　在雨中
99　相拥
101　盼望
103　雨
104　成长
105　青梅竹马
107　彼岸
108　如果
109　一棵树
110　生命如诗
112　钥匙
113　等待
114　徜徉
115　为什么

116	缘
118	纯真
119	无题
120	静夜
121	爱
123	致闺蜜
124	笃定
126	心愿
128	奉献
129	青春的秘诀
131	最后的宴席
133	致杨丽萍
134	酝酿
135	秘密
136	一路走来
137	冬去春来
138	舞台
139	百灵的歌
140	道白
141	多情少年
142	囹圄

143 多 情
144 夏日别离
145 崖
146 迷 茫
147 力 量
148 画
149 钟 情
150 黄昏之歌
151 舞 剧
152 赶海的姑娘
153 乡下老媪
154 后 记

卖唱的阿岩

上苍将他生得很短
路灯却将他拉得很长
因此
他和路灯结盟
以歌声来为众人酿蜜
于是
一个寻乳啼哭的婴儿笑了
一对怄气的恋人重新和好
一个愁苦的老妇
竟也绽出了娇俏
而我
一个逝去的诗魂
将郑重地回来写下
我同意
让星星在天空的土壤里开花

酒的自述

我以欢笑去斟满欢笑
杯中溢泻的就是鼓浪屿的琴声
我以愁痛去稀释愁痛
却事与愿违
增大了愁痛的剂量
我可以五彩缤纷
也可以澈净如水
我赞美爱情　亲情　友情
我溅出肥厚的泡沫来为它们讴歌
我诅咒一切贪婪而又凶恶的人
使他们在我的慢侵细蚀中
变为肮脏的蛆虫
我是童话中王后妆奁前的魔镜
一面是载着幸福与欢乐的天使
一面却是毒如蛇蝎的丑陋女巫

劳伦斯式的爱情

劳伦斯描述的爱情是一只蜜蜂
它不是企业家
它不经营偏狭　利欲　欺诈
它不按常规出牌
也绝不会在固定的站台上等待
它是葱绿　萤虫　浓烈的威士忌
是试管里投放斑蝥而产出的春药
是丛林中麝鹿回首时散发出的性感体香
如果它愿意
它可以在天河任意的一个池中沐浴
它是高山上的刺葡萄
惹你垂涎的同时
又将你伤得鲜血淋漓

我和你

大海将广阔的蔚蓝倒置即成了天空
将浪花随意喷涂即成了云彩
海水呼啸　天空即雷鸣
海涨潮　天空即漫雨
海里漂游着海星
天空的星星即眨着眼睛
海中有美人鱼凄丽的挽歌
天空有弹着琵琶的散花仙女
海与天空有这么多的相似之处
就像我和你
我的朋友

赫本的肖像

我折服于她优雅的气质
将她的肖像一幅幅
装帧在我的创作室
于朝夕中
以她的美好来完善我的美好
一个精明的商人走来说
这些画能拍卖的价值是多少
一个粗鄙的政客走来说
这不是一个死了的人吗
一个高雅的贵妇走来说
啊　这是我最崇拜的偶像
她是我心灵的导师和行为的典范

如果上天只安排

如果上天只安排我成为一朵无名的野花
我将不再指望会得到
路旁镂金的老爷车上的贵胄们的青睐
我将不再翘首等待
也不再艳羡花族中的名伶们
会得到世人赞赏的目光
能被论枝称朵的高价售卖
我将编写我自己的白皮书
不必再在谣言的藤蔓中纠缠不清
也不必将快乐缚在禽笼里论斤出售
更不必在肮脏的集市上贱卖我的自由
我将在自然的清风中成长
并铸建我自己的花的丰碑

儿子的心愿

儿子希望母亲更换微信头像
并附上他亲手制作的头像图片
他将母亲置身于花团锦簇的林园
柔韧乌黑的长发上
还戴着茉莉花冠
衬着初夏微温的光线
母亲笑了　有些苦涩
何必弄虚作假呢
养育儿子的漫长岁月
其实早已抽白了发丝
爬上了皱纹
母亲长叹一声
却又似乎明白了儿子的心愿

故 乡

校园里的月亮会说话
它总是在夜阑人静时
与故乡的高山　森林　农舍
和村前的小河私语
山峦与森林还以沉默
农舍遣出家犬与之问答
而村前潺潺的小河
却不厌其烦地
冲洗着稚圆的鹅卵石
就像当初离开故乡时
外婆耐心地为他浆洗磨白
他最珍爱的那条牛仔裤

淘气的孩子

妈妈

小臭鼬是我最乖的娃娃了

就像我是你最乖的娃娃一样

我们都在寒假中

温暖的壁炉旁画着图画

玩着对对碰的游戏啊

妈妈　你别生气

我只是在做完作业后好奇

才拆了那只总是滴答唱歌的闹钟

就像我的小臭鼬

看到外面冰雪初融

便迫不及待地冲出去

要拨开积雪下的乱草

我们实在是在一起冬眠的时间太久啦

骆驼 蝼蚁 人

蝼蚁虽小
却是一个好群居且聚力的团队
它们懂得共同飨食
懂得在强大的宿敌面前一起进退
人也同样很渺小
却常常只能身处广兀的沙漠
留下一串孤独的脚印
如同夕阳下
随着清脆而幽远的驼铃声
逐渐消失在视线中的
那一行骆驼的脚印
但骆驼组成的是驼队
人却还是孤独的一个人

生 活

我在风的臆想和雨的低吟中眠去
我企望能在日复一日的尘梦里
筛拣出露珠　花朵　和永恒的真理
我活在喧嚣的夜市里
又湮灭在深夜的死寂
我在每一个清晨鸟儿的鸣啭中苏醒
我活在食贩无倦的叫卖声中
我活在流车的尖叱里
我活在插翅难飞的林立高楼里
我终于在尘梦中窒息
无奈地将自己变成了一个呐喊者
展示于苍白昏暗的墙体
任烛光在一旁飘忽不定
随时偃息倒地
可我不甘心倒地
我本来就是一匹赤血的战马啊
我闻不得血腥
听不得嘶喊与兵戈的戮击
我兴奋
于是我又幻变成了一只雄鹰

我一直沉　沉到最低
为了高噪着再次起飞
我贪恋狐狸华美狡黠的外表
又痴慕猛狮的阔口与利蹄
我活在淡淡的晨曦里
我活在邮差善意的微笑里
我沉湎到人类智慧的书籍里
我找回了我自己

网

谁又说婚姻不是一张
纵横交错
而又扭缠不清的蜘蛛网呢
这儿女是经
父母是纬
还有层层亲属友朋的圈绊
蜘蛛吐丝结网
为了获取更多的战利品
却也网住了它自己

千手观音

我抬头仰视你的时候
你残忍地拨断了我坚硬的心弦
于是　我贪欲的音乐里
只剩下对你的震怵与敬畏
只是一朵莲花
你便坐定了东南西北
三十二种变相
便生出了千只手臂
我俯伏叩拜的同时
讶叹你是如此地华美
你千只佩着钏镯
多变而柔软的手臂啊
挽住了众生
也厚赐了众生

古般若寺

在初夏和煦的阳光里微笑的
又何止是菩提下灿烂的金菊
青墙脚那珍奇美艳的红千层
又何止是藩篱内肥硕的扶桑
碧池中那闲恬如少女的碗莲
那有的是岩龛中谦笑的诸佛
那有的是殿中慈目的禅祖禅宗
这慧存生基的天府　人府　地府
一样地在静谧中默默祈福
就连寺外岩畔草丛里的白鹅
也修定到了无视路人是否蹑足
依旧爱怜地喙抚它的爱侣
这古般若寺的下午
凝冻了时光
敛住了一个落拓的旅人

四季(组诗)

春
不管岁月是如何年复一年
使人渐渐老去
它也绝不会总是用年龄来说事
只要积雪初融
它就迫不及待地
再次穿上了时尚界最摩登的长裙

夏
它是热恋中的情人
炽热的目光
可以将整座森林燃尽
而田塍里的群蛙
则拼命地在为它的火势喝彩

秋
枫叶不曾告诉我
它的忧伤
可它屡屡渐红
而又垂下的眼睛

却泄露了它的秘密

冬
树丛褪尽了衣裳
却只是为了等候它
携带着雪花　圣诞树
与炉火的松木气味而来
它来的时候
窗外　斜插着的是一枝梅

高棉的微笑

我仰望须弥山
眼中斟满了敬畏
那是宇宙的中心
耶轮跋摩

我想要与山上的石头说话
我的遐想已生出苍鹰的翅膀
我的愿望也因此而轻灵地奏响
但我的双脚又是如此不争
就如沉重的鼓点
敲击着陡峻的高梯
我五体投地
不敢有丝毫的懈怠
更不敢回头
回头即是崖沿

石头拈花望我
以浅浅的微笑将我的疲累涤尽
漫长的岁月使它们风化
青苔覆脸

耳鼻漫漶　肌肤斑驳
我无法抗拒它们神秘的笑
不自禁地向它们呈上
我的所得与意外所得
我的所失与意外所失
我的善　我的恶
耶轮跋摩

它们的生活愿望是如此的渴烈
它们从清晨淡淡的阳光中渐渐复活
颤动手臂上的金镯
摇动脚踝上的银铃
裸着丰硕饱满的双乳
向我款款走来

它们在此生与来世中无处不在
它们浅浅的微笑后面
也曾有罪恶　残杀　贪婪
以及无休止的痛苦的哀号
它们原有的肃穆严整里

溶渗了宽恕和包容
因而它们一直微笑
耶轮跋摩

此时天地如初始般寂静
我静坐归零　一无所获

探 险

我喜欢
在一种未知中前行
探求幽穴的神秘
静栖的蝙蝠
也会被我们的热情惊起
扑向黑暗中的峭壁
而峭壁中的风景
却源于时间与水的交集
时间是雕刀
水流是激情
终于　在亿万年后
才修饰出这层层梯田
与婀娜倒置的睡莲
暗流沉默
从莫名的地方来
又涌到莫名的地方去
生活中的我们
又何尝　不是如此
可是
我们依然会寻着光明

穿过险濑　越过乱石
不弃心中澎湃的激情
迎来一切的未知

那一刻

那一刻
驰马射箭飞奔旷莽草原上
那一刻
摇旗呐喊战鼓声声震天响
那一刻
豪情万丈仿佛叱咤铁木真

成功不是晚娇娘
看曛暮里马蹄成行
在前进的道路上
逶迤跌宕醉已成双
请点燃思想明亮的火把吧
指引我们征途的方向
请吹起行动奋扬的号角吧
激越我们壮志相向

即使乌云密布闪电鞭笞
即使黄沙漫野绿洲枯竭
即使莽苍依然寒冽成冰
即使春不再临四季消停

那一刻
驰马射箭飞奔旷莽草原上
那一刻
摇旗呐喊战鼓声声震天响
那一刻
豪情万丈仿佛叱咤铁木真

母 亲

一宿的细雨
宛如母亲生前
细腻而温婉的谆谆教诲
你　又有什么理由
不去追悔旧日的时光
又有什么理由
去讨厌连绵的细雨

书 画

春天
我在自己的书画里
自成一体
喜欢　与小径的花儿媲美
以为　汹涌了爱
便可以绘出最明丽的色彩
喜欢　甚至依草而眠
与贪欢的鸟儿
嘟嘴对唱　不停不歇
甚至　喜欢在夜晚做书蠹
于雅息里存身
剪一支烛
便以为擎住了整个弥空
我的字体
也许并不灵秀飘逸
却字字铿锵有力
我的笔墨　也许很淡
却也笔笔微笑清晰

三 世

佛说
它有三世
过去　现在与未来
凡尘中的我
也有三个棱面
过去　我是一株裹着
单纯绿衣的芭蕉
现在　我是饱经岁月
打磨的顽石
而未来　我将是
泥塘里一藕
永不谢去的青荷
开在佚名的宋画里
攫取世人惊叹的双眸

梦

终于从无雨的梦中醒来
仿佛已沉睡了千年
千年足以让所有的激情
成为僵石
却难以将所有的记忆
化为云烟
在梦中
你悄悄地来过
又寂寂地漠然离去
就如此刻
窗外的茉莉　悄然地绽放
但终究会旁若无人地凋去

生命中的执着

我无法阻止千峦中
风车无休的转动
就如同无法停止
生命中的某种渴求
山上盛开的大蓟花
用它迷人的紫色
记录了风车对风
无尽的热爱与忠诚
而我 又用什么才能见证
我对幸福的憧憬与执着呢
我曾经火热的激情
如亟待出窑的蓝瓷
如今 历经岁月的淘洗
这火热之外又另附了一层
镇定的冰澈
我会审慎地
在处女细密的心思里种兰
会在策马急驰中
陡然勒住缰绳
马背上回眸的一粲

可使千军戾气
顿化为绕指的温柔
可是　可是我依然
依然未改变啊
我　爱的初衷

雾

雾散之后
才知道
当初执意孤行的道路
原来竟布满的是杂芜荆棘
但是 人生却逝去一半
再无多余的笔墨
可以容我文墨生辉
拭去重来

婆婆纳

我走过湿阴阴的沟溪
溪旁的蓝色小花盈盈
星星点点装饰着溪径
如素妆的西子
浣纱在爱的溪堤

蓝色小花婆婆纳
虽美丽动人新奇
出生却如此贫瘠
玫瑰讥刺她不够妖冶
百合鄙夷她不够香馥
众人嗤笑她上不得门厅
天门好像也始终不与她开启

蓝色小花婆婆纳
却依然亭亭而立
描自己独有的色调
摹自己独有的神形
如仙如鹤 如云 如轻虹
不在意尘寰世事匆匆

也绝不慕名利幻象虚荣

她曼妙的裙裳
在微风中摇曳
似在告诉路往
富贵炎凉
本是诸多平常
若盛持安宁
便内心阔敞无恙

我的爱人

我的爱人
定不是那水中浮月
看似晶莹奕丽
却经不起岁月的捞取
也绝不是路旁
虬干裂帛的枝丫
在我疲惫的旅程里
对我张牙舞爪比划狰狞
他一定是
站在高高的山冈
映着五彩的霞光
敞着宽阔的胸膛
为我指明回家的小径
他也一定是
浩瀚深幽的大海
任我自由踏浪徜徉
接受我介壳状的纯洁美丽
也能包容我粗劣的无心随意
即使我曾撒向他的
全是斑斑血迹

浮沤似的伤在他的胸 脊
他定会和我站在一起
笑对狂风　笑对骤雨
在漫长的人生长廊里
不做卑怯的逃兵
留下孤独的我　撒腿而去
他也定会和我站在一起
勘破生命的秘密
并肩走过金色的四季

指 针

我不过是一枚
恪尽职守的秒针
安详而又匀速地走着
人生的旅程

野白菊

其实我已经原谅了
生活编织的种种艰辛
如果将过去与现在
打破后重新组装
那么　我还是会
无悔地选择
花开的顺序
只是所有的花
都将会被置换成唯一的野白菊
简单　而洁净

夏日午后

母亲庭院外的梧桐
蔽掩了整个门窗
我在门窗内看天空
惝恍又惧惶
凤凰非梧桐不栖
有梧桐却无凤凰
夏蝉又偏来凑趣
聒噪声令忧烦无限增量
狂沙乱石　万刺锥心
它送　我受
冰天霜地　荒莽丛林
我的孤巢　我熬
何必想触碰那触不及的
空中绿意与点红
我掩门捂耳
却仍挡不住夏蝉的追啼

苗寨笙歌

就让我饮尽　这一杯
阿婆新酿制的美酒吧
同时饮尽古苗寨
满溢的热情
竹影下　小伙们吹起
直抒纯洁爱情的笙笛
阳光下便有
姑娘们伴随笛声
眸转肢回　心神荡媚
昔日神秘的吊脚楼上
依稀还有阿姊
出嫁前娇羞的身影
而林中痴情的小阿哥啊
依旧夜箫如泣
颤颤的曲音里
有夕阳　山风　野姜花
做阿姊美丽的背景

无瑕的玉器

尽管如此
我还是会将自己
雕琢成一枚无瑕的玉器
只为了　在转世之后
终于能呈给你
一份最美丽的欣喜
那时　我曾经对之
盟誓的山岳
也将更加庄严明丽

青 春

忘不了　校门外的秋凉
秋凉时公孙树的凄惶
还有那无际漫溢的忧伤
那是日薄虞渊时的橘金黄啊
是生命挣脱轨的最后轻狂
青春哪谙这丝丝惶
依然在秋风里青涩亮
除了将懵懂的爱情添上
还硬将那缕缕的乡思勾放

忘不了　雪野里的欢笑嬉闹
闾巷里的糖炒鲜栗和电影票
还有那舞会上欲拒还迎的拥抱
街灯昏黄映羞赧色
听足音清脆夜色里响
鲜红的围脖裹一窝的笑
寒冷的假期里站台上汽笛鸣
载一车厢的希冀
扬一路的红纱飘飘

忘不了　道旁密狭的梧桐啊
没有一次不是林荫繁茂
明明是那样深深的绿
却偏偏要薄薄地沁人心脾
哦　这香榭丽舍大道似的法式浪漫
终于还是偷去了青春吻
尽管生涩如惊弓小鸟

当如今　光阴逝去
青春不再公然青涩
才知　别了　是
小黄裙花间的旋舞彩蝶

别了　终于是
埋藏于华发下的根根记忆
往心里贬谪

残 缺

当上帝转动世间轮回的罗盘
我看见你
舞姿盈秀　衣袂飘飘
星月俯首甘做你广袤的幕
天使萦绕愿是你美妙的歌
而今夕
与生俱来的残缺纠缠你一生
至最后的喘息连连　形容枯槁
我束手无策
只有默默祈祷
愿用我纤微的生命
与死神换回你永恒的至美
残缺止于今生
完美始于来世
你今生的福薄命浅
又怎敌你来世的婉约蹁跹

诗 意

多少次
梦里的多情
都被我编成了最浪漫的诗句
如挪威最精致的女人
在午后的花园里
织出的　晶莹的蕾丝花边
装饰在我朴素的裙裾
当人们赞誉我美丽的同时
又怎知
如果没有花边的装饰
就像大海没有了洁白的浪花
山里没有了葱绿的树木
四季没有了绚丽的花朵
生活将又将会是多么的乏味

守 望

我曾在堡礁的灯塔里守望
为千帆指明航行的方向
静听长空溅拍雪浪
抚平 岩的累累创伤
海燕碌碌
在长空里浪叫飞翔
似在笑我半生痴狂
日暮天涯
总是守望不归的远航
即或用失望谱尽故事的篇章
而大海却总是张开宽广的网
收罗我苦炼的颗颗珍珠
和未知的神秘宝藏
我用灯塔照亮海上
海上明月照我心房

小 草

蛮貊之地的小小草
顽强地在风里颤颤飘摇
亦无有残云薄日的烦扰
亦无有人迹车马的喧嚣
也曾收集了一冬的霜腌冰消
待到春光四射　山花烂漫时
染绿遍野荒郊
那曾展金翅飞翔的小鸟
赖着这青草不想乱跑
嘤嘤嚅嚅　欲一展歌谣
就连那恶毒的蛇虺
也在这绿野里无声地舞蹈
嘘　轻轻地
别惊扰了这静谧
小小的野草花也点头微笑
风儿如此清甜
草儿如此腥鲜
希望也如此萌发芊芊

小 雨

夜色
浑浑噩噩
小雨
淅淅沥沥
而被细雨濡染了的今夜
无奈却写尽了淡淡忧歌
夜不能寐的时刻
我起身含泪问这夜雨
你敲打的何止是
我那四月紧闭的窗
今夜已不再是翡冷的翠
你又何苦咄咄相逼
敲碎我残存的沧桑醉

相 信

无情的人用无情将我杀戮
我却将无情转化成了慈悲的胸怀
狭隘的人用狭隘将我掩埋
我却让狭隘生发成了宽容的树籁
收起你残败的兵矛刀戈
那其实早已属于
上古的冷兵器时代
我曾奉上真诚任你践踏
还曾附着宽厚任你羞叱
如今雾散烟尽
我洗净尘埃　相信未来
待过尽千帆　峰回路转
待花开烂漫　风光满寰
相信未来存储的总有真诚与关爱

无 诗

我已无诗
早就有白羽的仙童
萦旋在翠谷青涧
又有仪雅的仙子
凌波于水浪云烟
它们又早吟游在这　人间仙苑

那崖上飞溅的珠玉
不正是它们吟唱的诗句
那卧桥下的静潭
不正是它们斜拈起的
等候夜演　台上的绿幔
那天上的一弯美镰
自会携带最明耀的美星
在诗序中戳上
见证诗句的印鉴
就连那　残破着
沉默了千年的古城墙
也邀一旁的晚霞英娘
诵出千古绝句

舞阳河还是河吗
那分明是一条神奇的光束
穿越天地人　划过星空月
跨进上古的逐鹿原
驶进大明的上河居
画舫中　又有笛声清越
穿过历史的长河
谱一丝忧郁的宁静
驻足岸边今夕

读 书

再不想翻开那本书
再无法猝睹那枚
极薄极薄的
蝴蝶　书签
可人生　本就是一本
不得不
逐行逐句阅读
逐次翻页的书
蝴蝶翩翩
也总会时隐时现
在不经意间
掠过心头

拙劣的诗卷

翻开我拙劣孤寂的诗卷
行行回忆在心头搁浅
你与我今世虽共天地
莫奈何却始终无缘相见
只好将情意深深伏潜
顾影自怜　叹命薄红颜
不敢奢求你甜蜜的恩宠
冲破雪霜抚慰我心中积寒
也不再想白日为你奔波
夜晚为你辗转
但求你拥有世上至善完美
唯将所有痛楚都留待予我

昙 花

从花开到花落
也不过是一刹那的事
所以　来不及等到四季
将我染得姹紫嫣红
自始至终
还是维持了
当初　洁白的初衷

无 题

那夜　月华如练
幽篁深处屋檐角
红灯一笼照无怨
月清虽如灯
红灯似我心
唯恐千年夜归人
不识密林传小径
宁将红眉入笼内
翘望归人千百回

那夜　海咽鸥鸣
鲛人依旧守珠眠
珠似离人泪儿变
官闱灯火通明璀璨星
怎知冥暗海中鲛人心
不惜千刀万剐忍
步步履薄冰
千娇百媚舞蝶衣
为唤故人情

那夜　街清人稀
重回往日十里市廛里
仿佛喧嚣如以
小贩殷勤笑面如昔
拎一篮蔬果悠然返居
笑靥浅浅小日子如蜜
如今再无此画景
雨丝纷飞比谁都心知肚明
叹是造化弄人不停
是美玉总有瑕疵
又怎可强求事事遂你心意
再美的星空也不过如此
容自身过失千千万
却不容他人点点斑

转 换

绿叶总是恪守对春的诺言
如约而至爬上不凋的枝头
路边纤巧的野花
玲珑如少女般娇柔
虽无贵妇华美的饰品
却善用颗颗露珠遮羞
小溪是你忠实的爱人
衬青草欢歌伴你左右
这无边的美景啊
独缺那春雨霏霏
浇淋我晚冬枯冷的心
我相信
春雨之后
山的那边
必由丹青悄然转换成彩虹

山 岫

来吧　朋友
请来这寂寥的山岫
就着黄昏
以这曲笛声下酒
趁花未全开　月未全圆
一切凡尘往事
原来也可以演绎得
如此淡淡隽永
望断天涯陌路
却是海涛依旧
山风却仍然不依不休
将满山的翠绿
扬个天翻地覆　飘飘悠悠
而我却依旧伫立　含笑春风
若问我为何如此宽宥
只因我站在寂寥的山岫

缘 故

原本
我们也可以将险峻的群岚
拉上帷幕
再布上春天的柳条
与依序绽放的花朵

可是
密布的乌云总等不及
阳光的缓缓来迟
总是要等到霞光破晓
总是要等到暮色将老
才霍然
在转身时明白

原来
一切可以安排得更好
只因为
这世界
没有一种无缘无故
可以俯拾即是
也没有一种无缘无故
可以开得万山红遍

并蒂

尽管艳阳下你开得如此美丽
我还是如射出的箭矢
疾驰而去
其实你并不用暗自伤心
在我途经时
已不易察觉地向你
丢下了一粒种子
来年　势必会与你并蒂
开在更加艳丽的阳光里

孔雀东南飞

如何叫我不再想你
在这桃花灼灼
娇漫山野的时节
风向着北吹
孔雀却执意东南飞
明知必是险恶无比的悬崖
明知必是
铩羽而归无疑
无奈也拽不住狂奔的野马
停足止坠
绵沙细细漏
漏的是岁月无绝期的哀愁
拂过春水
拂过泪流
拂过桃花粉灿枝头
明知死神在坟茔里招手
明年此时不知花落哪头
到此时
才知道什么叫痛心疾首
风　还在北吹

桃花下孔雀东南飞
漫不尽的粉粉碎碎
扬不罄的桃红李白
一并儿向东南颓废

告 别

风起了
船将起锚
我不得不回首　再回首
挥泪向你作别
虽然即将赴去的航程
是个没有谜底的谜
离别又是一粒
随风吹落眼里的沙子
时间的指针
终归不会倒走
流水　也终归不会倒流

炎夏里的轨迹

当炎夏过去
你的眼中
已经有我哭过的痕迹
虽然
你的眼睛曾蕴藏过虔诚的美丽

日月星辰的交替
本就不是一成不变的轨迹
可我唯一的心愿啊
便是　在这错乱的轨迹中
让你能及时地想起
曾经有一颗星
向你最明耀地闪烁过
曾经有炎夏里
最后的一株荼蘼
在你耳边轻诉过
尽管此时
窗外　叶将落尽

诗人的眼泪

我站在时间经纬的交集处
瞥见一颗流星忧伤地
从天际掠过
瞥见一片残叶哀号着
被风掠过
却从不曾见
诗人的眼泪
从窗前流过

彷徨少年

喔　少年
夕暮下彷徨的颠顸少年
为何你如此忧郁不宁
你可曾明了
又可曾知悉
在浩瀚的大海边
你的悲泣也只如潮退时的沙砾
鸦之反哺　羊之跪乳
只有母爱如海
才容你如此扮娇撒蹄

喔　少年
丛岭里彷徨的颠顸少年
为何在悬崖沟壑旁
畏葸恐惧
别再畏虎狼狮豹
这一跃去
便有餐不罄的鲜甘野栗
与清澈泠冽的甘醴
我愿奉我所有美誉

供你恣意获取

喔　少年
酷暑里萎颓的颠顶少年
别再质疑
九阳虽好　却是太烈
为何有射日的后羿
原是为了留这唯一的真谛
予你温润无比
鸦之反哺　羊之跪乳
你可明知母亲的心意
不再忤逆不明事理

喔　少年
皎月下支颐冥思的颠顶少年
请静听这纤藤的悛悔
如若无当初的绵软依附
又怎落到今日的屈意攀围
如若不经霜冻雨冽
与残障里的天旱地坼

毳毛又怎可长成丰满羽翼
愿你珍重吧　少年
绮霞万道
只等你的明智决择

香山钟声

香山寺的钟声响了
提醒我又是一个
静穆的黄昏
黄昏中的夕阳
嵌着一轮橙红的金辉
金辉中　我窥见了
袅袅的炊烟
又见　青草坡上
惬意刍草的莽牛
田埂中背着书包
嬉闹跑跳的孩童
这一滟滟的动人
无以描画
更无情景可以比况
即使是静伫树下
扬腕遮眉
盼夫归的嫁娘
香山寺的钟声又响
沉浑是新嫁娘
焦渴期待的显像

雪

我将孤独的气味凌空喷洒
孤独便弥漫旷宇心野
我将孤独的声响小心雪藏
孤独却步履跫跫
不愿将生命的历程埋葬
孤独被我呵气成冰
晶亮的一串挂在树上
白雪绵厚
试图以尺寸暖我心房
雪松青青
再次将孤独的种子
播撒　在旷宇心野上

梨花点点

晨

听留声里

鼓乐笙声　箫声咽咽

看窗外梨花点点

笼不尽漫天霜白

才知春日又复了春日

世事变迁　又一年

花　一簇簇开

却又独树苍凉　清幽似海

远方的采采流水

可知梨花纯净心开

愿舞尽自身芳菲不败

成就你一世情怀

雨后的感思

雨后的阳光
如田埂旁橙黄的
旋覆花般丝丝明亮
千朵涩青的茶果
也曾被指引变幻出
千种悠然的翠茶
山峦中暮春虽风和日丽
山峦中暮春虽万壑静寂
却总有些难舍的记忆
如新笋般萌发
挥不去
在屋后暗淡的密荫
残垣余烬
终逃不出禁锢的墓床
何时才能走过
这漫长等待的时光长廊
难道剩下的日子
果真是这样
听凭落日下莺啭半树的凄惶
所过所往皆轻如尘扬

贡多拉

瞧　那天上人间的
牙月儿贡多拉
前勾后翘　墨色锃亮
黧黑的船夫们歌声高亢
撑篙　载一船星辉
在无数桥梁下过往
千回百转　百转千回
赴威尼斯商人
黑了心肠的交易市场
桥上的青俊们三三两两
应邀齐聚上流欢宴场
颀长的身段总是要装上
插羽且夸张面具的脸庞
一半是妖冶榨取的玫瑰红
一半是魑魅魍魉的夺魂郎
叹息桥旁小贩叫卖声嚷嚷
对曾行刑的
犯人游魂置若未罔
听　圣马可教堂的钟声洪亮
祈祷声与圣乐声朗朗

均是仙音妙乐　往世间吹放
虔诚不虔诚
全仰仗上帝的道行
宽阔的广场上鸽影绰绰
全然不睬行人的来来往往
威尼斯宁静的幽波里
老工匠的玻璃
被煅烧得变了模样
件件都是传世的珍稀收藏
既嵌入了西方剔透的幻象
又增添了东方寻梦的魂荡
瞧　贡多拉如箭在弦上
根根射进记忆中珍藏

梦中花红

拂晓里做了个梦
梦中氲谷里杜鹃花红
鸟啭空涧　花开半亩
日色烁金　丰草茂树
便融成世间最美的彩虹
看吧
哪里还有孤独的魔踪
山川已还我最深情的相拥
赐我甘醇香醪
赋我妍美秀颜
再将银羽插我双肩
翱翔天际云玄
看吧
哪里还有孤独的魔踪
黄昏昏黄
染醉了氲谷蝴蝶幽梦
箫声再起
沉默是谷底寒潭的月影
我在梦中呓语轻笑呢哝
告别了昨日的霾雨蒙蒙

离 别

我们执手无言
走在离别的路上
盼每一个路口
红灯时的相拥
绿灯亮时
又不得不惜别匆匆
四周华灯辉煌
无人声　无窥探
只有叶落的片片缤纷

我们执手无言
走在离别的路上
从此各有各的人生
再次相见
须再修千年同渡的舟楫

芙蓉花开

总是惊诧
你会一直在路边
迎风灼现舜华之颜

总是震撼
你会一直在路边
坚韧地进出初秋之爱

最柔软馨香的粉
是你取悦众人的颜色
最苍翠的枝蔓
是你多情相邀的姿态

一路上
总有芙蓉花开
芙蓉花开
一次次惊亮我的心田
如最潺　的水流淙淙
默然诉说那时情怀
却又在情浓将醉时

一次又一次
淡出了我的视界
而在即将静穆的旷野
却又再次呈现
这令人唏嘘的时节

蒲公英

在有风的日子里
御风而行
柔弱是无力的方向
飞絮是漫不经心的衣裳
植于生命土壤的
却是　爱
一直顽强

归隐小南海

我想攥住满天的星星
与鲜花编成头顶的冠缨
我披上天空湛蓝的衣裳
再采一枚月影的清凉
缀在衣的薄襟

我撑一支青褐的长篙
迷离在碧波卷涟的湖霄
我将织缱的时光拴靠
岸边丝丝盈动的柳梢

我曾与痴情的恋人约好
相聚在湖中迤逦的风雨桥
让风儿也觊觎
鹊鸟的相伴相交

我颤动彩蝶般绚丽的羽衣
翔旋到故乡的山脊
再采一篮山里的翠青
织成铺天盖地馨软的暖衾

在宓静清冽的山巅
惊艳是朝霞在晨霭里的沁现
袅袅是窈远茅屋顶上的云烟

我趺坐于林间晚照的光圈
喜听所有的红尘喧阗
都已沥成　隔世谵言

进跋

我凝视前方
目光萃集日月之悦华
不再畏炎夏溽暑
更不惧天降冰霜
纵使岁月用利爪将我割伤

整装
只为了再次进跋
谁说女儿不能自强
谁又说女子只能梳妆
古有木兰代父从军
又有桂英征战沙场

好女儿定当自勉奋翔
任前去雷电轰鸣
蒺藜横密
任过往浴血涌涕
病殁传递
当霞光耀射
照我田畴壑谷

琉雀也只能逃逸荒野
　　任我刈取采摘

　　痉挛
　　不再为昨日而黯然神伤
　　愿如崖边的老榆树
　　虬结苍劲　直向天窗

沉 寂

我在不沉寂的夜晚
试着让自己沉寂下来
就像在
不平静的大海边
拾起一粒粒平静的贝壳
内心欢欣不已

秀 场

我知道
你从深宫幽怨的画中走来
双眼迷蒙漠冷
撒旦赐你魔鬼身姿
衣你精妙华裳
却又用饥馑的锁链
桎梏你猫样轻灵摇曳的步伐

我知道
你是远古神宇肃穆的雕像
不可亵渎　不可侵淫
回眸转身之际
向我展示你无边的法力
又用冥思轻蘸浓墨
抒写你宫廷般高贵的蓝血

塞壬为了添你颜色
驾神辇在浪尖魅惑放歌
波涛是蓝　浪尖是白
迷航触礁已成为不可避免

聚集眩目镁光的T场
罂粟花在枝头朵朵怒放
绿的是花　红的是叶
难道欢颜注定与春光不相契合

花 园

终于拥有了一个
属于自己的花园
于是　可以
朝饮兰芷之坠露
夕餐秋菊之落英
当我悠然躺在花园里
洁白的吊床上
读书　看云的时候
才明白　原来自己心中
早就拥有了一个
属于自己的　最美丽的花园

在雨中

独自漫步在
将寒未寒
多雨而惆怅的街上
看一路灯火辉煌
又仿佛与世人隔膜相望

橱窗里着婚纱的新娘
曾经是
我心心念念的向往

依然如往昔
在街角低回的刹那
我们再次错失交臂
回首望　沧海再次惘茫
到底是谁在主宰我们的宿命
又到底是谁注定了
让我们相遇

迷蒙中望去
街隅里伟岸的身躯

仿佛是你翩然而至的身形
我欣喜不知莫名
定神凝去
却终是一出未登场的幻影

独自漫步在细雨砭湿的街上
空气中仿佛弥漫
那夜草木的清新气息
唯有的不同
是那夜的星光靥靥
珠光美酒人悦影
而今夜
我独自漫步
在多雨而惆怅的街上
彷徨　又迷离

相 拥

请别在意
我时不时的
灵魂与肉体身首异地
在爱的谷底
渴盼与希冀依然茂密
茂密只因顺你的呼吸

请别在意
我故布的距离
隔离与疏远虽同属一体
可你的气息
早已细致种植在我心底
无法拔除更无处迁移

常暗自冥想
那日同渡的江边
相拥如纯音律的流水
而流水的执着冲积
恒定了任意一处树荫
树荫下我们并肩仰望繁星

为这无端的冥想
我守望江边季节的交替
受俘梅杜莎阴冷的眼翳
当所有无声的语言
唆使你银亮的箭镞钎钎
划破皓月星空穿刺我心
你又怎能安然于
那日的灯火阑珊

盼 望

你来
如风掠
勾起回忆
拌苦痛丝丝
却又含混蜜甜

你去
如潮汐
锁定我心
侵薄暮习习
不再气定神闲

为何总要出现
在我努力淡忘的幕壁
爱我
请捉住我的手
别再将岁月置于库藏
发霉生锈

企盼

你再来
山花烂漫
笑清泉淙淙
剪倩影一丛丛

空寂
似林间
鸟儿啼啭
守清幽远径
思明月半轮归

雨

雨一直下
不知是悲喟昨日的哀鸣
还是感慨今日的泪霖
总之
如玉露般冰清
如涓流般缓淋
它槌打绿地娇红
又乱起如玉静胸
我撑一把小雨伞
走在宁静的山中
悯披雨戴雾的山瘦
怜柔弱娇小的花容
我想指问这灰色的苍穹
何时释出放光明的囚阳
还山水一个静朗的天空
雨一直下
默默的沥声
渐没了西天的沉云
泼淹了一颗骚动的心

成 长

一定会　有些什么
值得我们去细细搜寻
沿着两岸开着山百合的
古河床　顺流而行的
不只有岁月的无情
还会有　些许的成长
积淀下来
成为铄金的矿石
那么　就让我们
再一次　反复地搜寻
即使河水彻骨入心
山百合也因烈日的烘烤
而耷拉着脸庞
敛起昔日的笑容

青梅竹马

就这样匆匆离别
雪白纱幔里的萤虫闪亮
见证我们青梅时快乐时光
夜幕下的茑尾
随母亲故事的跌宕次第绽放
伴着白鸽的咕噜
梦里童年　是你永远的阿娇

就这样悄悄离别
二十年后再遇已是
花开正盛　玉树立立
眼里是你飒飒的戎装
戎装里是你飒飒的英姿
恨却是
相逢不是未嫁时
在娉婷的黛绿年华里
我只能含泪悄悄地离去

就这样静静离别
三十年后的离别言轻句浅

而心里却埋藏着矿的情怀
任我孑然一身也不能开采
华灯下
你初生的白发依然
予我温柔传世
怀里盛满　我花蕾的淡香

就这样匆匆离别
淡香飘忽
从此　再次天隔地远

彼 岸

你在那一边
我触碰而不及的彼岸
锁住我曾经飘飞的魂
任时光的音符带我漫舞
轻抚你双眸的那天起
灵魂就不再孤单
记忆里的呢哝细语
仍使我身心颤栗不已
凋谢了的玫瑰
才知我的凄怆与彷徨
什么时候
什么时候才能抵达我的彼岸
月光也为我昏恍怅然

如 果

如果思念　可以编撰
那必是黄卷里字行点点
如果思念　可以展现
那便是沧海里珠泪斑斑
如果当初　慎行独帆
又何至今日的错失一念
于是　风怒号着
拍岩惊涛卷浪而来
势要讨个金红水白
非将昨日爱的桅杆
摧个面残体缺

如果时间　可以退去
那么　又将会是怎么样的结果
若你容我
在潮涨与潮落间磨砺
若你容我
终于感馈于海的宽绰
若你容我
容我含泪再解释一句
那又将是怎么样的如果

一棵树

小心地去修剪一棵树
并不比种下一棵树来得容易
可是　只要你认真地对待它啊
总有一天
这棵树会生出甘饴的果实
这些果实
有三个好听的名字
思想　涵养与灵性

生命如诗

我愿倾我所拥
来交换路旁轻曳的小花
因为小花是诗
我愿倾我所有
来交换溪涧中蝶影无双
因为蝶影是诗
我愿倾我所囊
来交换秋日里瑟瑟的落叶
因为落叶是诗
我愿倾我所有的所有
来交换那漫天飞絮的雪花
因为雪花是诗

那一天的我
欣喜得不知何为芳菲
因为有诗　所以如水
因为有诗
生命才敢如此鲜活圆润
我采撷了所有作诗的调味

从此披上斑斓的罗裳
穿梭于宇宙　星河与天际
停驻在山川　涧谷与森林

钥 匙

终于明白
当初的湖面冷月
永远沉淀在记忆里了
就如当初
沉默的群山
映在静静的湖底
年轻的你　也悄悄地
撼进了我的心里
而系铃的却是那首诗
如今
山存　水在　月明　诗美
却再也找不到了
那把开启诗的钥匙

等 待

当天日沉沉　沉沉暮去
静静守护已成了焦急
多么焦渴地期盼
您有如神兵似的降临
迷醉于你金色的光环
忆昨日的笑　昨日的歌
还有那昨日的欢愉
当天日匆匆　匆匆暮去
依稀见你身披战甲
所向披靡
箭囊上我刺绣的针迹
正迎着朦胧的夜色熠熠
我守候你啊
听钟声锒铛几许
你仿佛远在边陲
永远也听不到我等你的心碎
只有滴答的钟声
还有桌上那开放的玫瑰
听我躁动地　每一次
每一次催蕾

徜徉

在这样一个静静的午后
褪去的不再只是心伤
还有那流年的漫长
从此后　花园里长盛不衰
童颜永远不改
享受所有的馥郁金香
着一身瑰红色的裳
曾经多少的跪求无望
转瞬却成了华丽的篇章
我要在花园里徜徉
我要细数这点点的珍稀
将它完美收藏
请给我无穷的力量
丰裕我闪亮的翅膀
飞向阳光　沙滩　与海洋

为什么

我
镂金结绣
每一个文字都呕血凝成
每一词句都雕心刻肺
为什么
真诚总是蒙面纱在心头梗阻
为什么
时间总是将谎言和盘托出
为什么
包容不被包容所包容
龙飞凤翥　和味浓情
转瞬却是乌飞兔走
片片花蕾凋成空
极目望去
冰雪橇犬依然畅游南极洲
珍重　再次珍重
我自横刀笑青松

缘

为何前世只修得
这肤浅时短的缘
未曾等候四季丰裕
便轻易地握手离别

又来到昔日安静的湖沿
玉兰花正含英吐露
挂了一树的情眼波涟
讪讪地笑树下那
曾经用心的温甜香恋

环顾同样月色下的四周
天空依然嵌　满天的星斗
山水依旧
梦却几重重

如果来世
依然在这里重逢
那湖沿的莲荷一蓬
必是寂寞的岁月里

虚掷的光阴一丛
恍惚间
已在此候了千万万年

而这一切
都缘起这不得不
依运执行的阴差阳错
还有那苍苍小径上
必经的悲欢离合

纯 真

任阳光如丹炉的火焰一样燎烤灼热
水　还是静静地
维持着初始的凉意
清瀑的歌唱是为这位小男孩
而准备的
他那完美的起跳
激起瀑浪下的绿潭水花飞溅
惊起了匍伏在水菖蒲上的蝴蝶
颤动双翅掩住惊愕的粉唇

阳光是快乐的
小男孩也因水而快乐
蝴蝶　你快乐吗
是因为水　水菖蒲
还是因为小男孩而快乐

无 题

我在断念后残想的余温里啜声
馁怯于慕久终无见的峻峰
因是有太多太多的雾痕
韵上峻峰的全程

我怀着一夜的虔敬
静候雾尽时希冀的现身
当黎明的子弹来临
首发命中　洋槛树
便渗出了一身血腥

我拈几茎青丝
欲蘸血墨吐露芳琼
却又觉无字　无从书窘
就连草丛里的蚱蜢
也讥笑我的怔忡

静 夜

黑夜是一粒惭愧的种子
在硗薄的荒土里长眠
不思春生
更别提碧连草根
就连风儿也隐着黑衣
扮作深沉
夏虫逝去早已无吟
只留下窒恐如蒸
鸦噪声咄咄逼近
声声如飞虹血刃刳美人心
这一个黑夜
真阴森森可恨

爱

我多想 我的爱
赐我支弦
允我歌出生之源泉

我不知道 要怎样做
才能不做山里蒲公英的絮
漫无地飘

我也不知道 要怎样
才能与你的目光牵手
共阅几世春秋与尘嚣

深冬
我爱 是圣诞里
放大的雪花
有棱有角 华美晶莹
远远地在冰窗上凝
是劲嘶的野马
为成就珠峰的雄浑
甘心在疾崩的雪里窖存

靡夏

我在迫不及的浪花里

展示青春

让海的喟息吻住你的脚跟

我昼做青莲　静美纤纤

夜晚却伏在莲盘的冰床上挣旋

我在焦裂的烟火里焚

骸骨生生地　生生地疼

我巴望你回身

巴望你回身

我多想　我的爱

赐我支弦

允我歌出生之源泉

我多想　我的爱

赐我支弦

允我歌出生之源泉

致闺蜜

如游云般踱上山巅的
是我们前行的步伐
既然丛林中有着爱的希望
又何惧一路的雾霾　冰霜
与来时的忐忑迷茫
不是说好了么
我会伴你永世　或存或亡
即使一路乱石松冈
路漫漫兮远长
我忍受彻骨的寒风
也要护你花繁满枝的
那一缕清香
我的友情啊
是骄傲的雪莲
山巅上那一朵
晨曦中洁白闪烁的光

笃 定

让一切简单
让一切归于平静
不在乎鲜花　掌声
与名望的显誉
只愿意自编自导
又自演属于自己的
那一份天地

让心贴近自然
即使寸草不生的漠地
也会饱浸绿意
无垠的太阳花站成兵马俑
聆听日光的逡巡
又将原矿透明封存
同时　显露真身

在黑暗的矿道中前行
因为怯怯的摸索而战战兢兢
企幻有星星的光明

若笃定　无须饰集
便也有奢不尽的
威仪棣棣　光华万千

心 愿

悄悄绽放
又迅疾陨落的
是二十五个无憾的春秋

代表幸福甜蜜的蓝色风信
随长逝的婚纱一起安安静静
再不用承受疼痛的一波波侵袭
再不为折磨而屏息

又一本娇稚的故事
刚刚开始
却又静静关闭
文字无需多
篇幅也无需长
展示的是
让亲人引以为傲的
精彩与极致

如若年轻的眼膜
可以代替纯净而善良的心灵

启动另一段光明
谁说又不是生命的再次延续
再一次成功地演绎美丽

奉 献

我甘做一尾盘曲的蚓
忍受穿骨的刺痛
为你钓回每一条成功之鱼
浅笑漾过
几丘穗田
几络叶脉
便勾勒出盎然的画面

青春的秘诀

秋天的时候　　展开画卷
发现季节仍未改变
让春天留驻其实也并非难事

如果
用热爱做标桩
激情做木槌
纯真做地契
便可以绘制出一张
青春永驻的画卷

因为热爱
洁白的绵羊可以成群飞升
成为蓝天里白云卷卷

因为激情
可以手持利刃　　口嚼玫瑰
一路上剔棘斩刺

因为纯真

群山如黛　百花盛开
好斗的雄狮也可以
俯首言欢　友爱无沿

将智慧敛入香囊流芳百世
因而使翡翠成河　落叶成金
使美好心生　凝墨成春
生命也油然如山泉般寂然澄净

枫叶红了的时候
让我们再一次展开画卷
挑亮几盏莲的清馨
日也宁静　夜也宁静

最后的宴席

我只是想用这杯酒
致我平生的歉意
只是想　唤起
又终止　这必散的宴席
尽管
杯里总是
收藏着幸福与悲伤的回忆
衣襟上又总是
遗留一些如血般
酒红的痕迹
如果
你终于发现了
杯中葡萄的琥珀色芳迹
那色彩　其实是我
煞费苦心
酿制了几个世纪
只为了终于
能在这样一个
如雪的夜晚

向你双手敬奉
这最后一杯
醇美的玉液佳酿

致杨丽萍

在遥远而神秘的大理
现如今吟诵着一个传奇
斜依冷月的银桂
新附了九尾的魅影
九尾的魅影
因月清而明
又因月冷而静
它是星空中的凌波仙
飘零而落伴音的尘
它是霞光下的紫媚灵
花雨弥空透过轻渺的云
荫林下它开屏
婉约绰姿　醉人心脾
灵俏动态　惹人爱悯

酝 酿

已经有一种解释
在杯中酝酿了
窗外　郁热无风
车水马龙
如果有风吹来
那也必是人工合成
单纯地　只为
降低胴体的温度
而在极细极微的深处
因为风而星火般燎原
又丛丛窜蔓的野火
是已经无从熄灭了
已经　有情谊在杯中滋生
已经　有答案流过笔尖
跃然纸上

秘 密

只是不知道
在遥远的
深不可测的海底
小心而缓慢寸积的珊瑚
是否还保存着
应有的光泽与温度
是否还会无限量地
供我采集
也许
在保持了足够的沉默后
会与当初触礁的沉船一起
隐入海底
成为永久的秘密

一路走来

是酷寒里的一只雪豹
饱饫了喜马拉雅的豪迈与洒脱
又被温情所掳掠
一路奔放　天涯海角
是旷莽里的一匹狼
张弛了每一根毫
睁碧绿的眼　狂号
一路奔来　血流成河
我一路驶来
穿沙漠　绿洲
跨辽阔的黄河
我是炎黄的子孙
血脉里流动的是炎黄的火热
一路走来
无尽豪迈

冬去春来

所有的故事
都可以绵延
所有的期盼
都可以　不息
如同冬去春来
夏逝　秋又至
我听见
山风的呼唤
与雨夜的泪滴
就如同听见那夜
月光下　你的气息
我手捧着蓝色的风信子啊
飘忽在无垠的旷野里
任山川沉默
岁月轻启

舞 台

六月的心思
是蔚蓝色的海
夏夜中的百合
便是一艘洁白的船
六月的心思
乘船过海
以三百六十五天的沉默
来演绎同一个故事
布满星星的舞台
有炫目的灯光始终追随着
天鹅的裙摆
黑暗中的妖姬
却并不因此而退出这舞台
而台下的观众本身啊
就是舞台中
正在上演的一艘小船
独自漂流在
蔚蓝色的大海

百灵的歌

晨起的百灵
以不俗的姿势
飞到我的窗口
却又难耐贞寂
终以俗气的姿态飞走
临别
还留下余音吟唱无休
爱情就如车轮碾过的温柔
如果忘记便没有了哀愁

道 白

无数次　无数次
翔实而真切的道白
已从浪心
缓缓浸湿了我的鞋
海风喜爱带凉腥穿越
送啜叹浅入耳畔
珠齿轻柔
许我颤动心巅
云突兀　又突兀
不可确认已是彩虹
缔结往日
山亦叠嶂　树亦朦胧
水光下　云影里
独留一叶扁舟
荡进片片芦苇丛
波光如烟
弥留在天边

多情少年

最是那多情的三月
桃花轻醉了红颜
迎多少无知的少年
引渡红尘到梦圆

最是那一江的春水
过客轻啜了薄面
斩多少儿女的情思
风干岁月到轩辕

雨季的连绵
浸湿了桃面
为何多情的少年
还是愿枕花而眠
难道少年的命运
依附着飞蛾
即或焰火焚了心
也甘伴桃花的凋零

图 囿

清晨的第一声问候
是你书扉中婉转飘落的叶
是你不经意的落魄
还是你筹谋已久精致的检阅
不管怎样
你如朝露般的问候
浸湿了我的怀
滴落是寂寞的枕上
传递了千年的珠帘
震慑夹带喜悦
复苏只为你的美丽
而莞尔不可方物
你如甘露般的问候啊
痊愈了我种种渴望的边缘
为你不经意的落叶
我甘陷万年囿圄的夜

多 情

你心如磐石
即使我的多情
锐不可挡到
能攻破一座城池
在你这里也无济于事
没有礼尚往来的爱
再艳压群芳
也会被磨成一地碎沙
徒有支离破碎的伤痛
也揉捏不成旷世的泥塑
我孤身挣扎
深陷泥泞
想要作逆反俗爱的出尘之举
却偏偏事与愿违
欲罢不能

夏日别离

就让我们攒集

这夏花的　华翡艳吧

再将其錾进如丝的行板

制成美丽的歌

而别离

这躁动夏日里的别离

偏又让赶趟儿绽放的木棉

雨后一身缟素

弹起悲怆的曲调

纵使咫尺天涯

也挡不住烟水的葱茏

崖

去年我俩磨砂般的对白
已成了昨日尘土
坠崖的沙
虽犹存万般不甘的割舍
也拽不住你游曳的影像
放慢的底片
一如你快进的步伐
你在珠帘闪动的一瞬回眸
电光足以使万物明灭
不争的潮涌
也消退不了你的澎湃
即便如此
坠崖又如何
向日葵总是摆脱不了
日光月华的掌控

迷 茫

今夜的星光灿烂
而青春正年少
全然不觉岁月轻悄
逝去　如尺波电射
也许　迟暮中的晚霞
美得只是浪得虚名
也许　夜色中的灯塔
迷茫得早已分不清南北
也许　也许啊
红尘中最后的一粒尘埃
随风吹送到千年后的边缘
而千年后的古井已无波
一如那昙花
羞涩得只为你开怀了一夜

力 量

你说我情感丰盈得不以御使
我却说你神秘的力量无限
形而上学的指谕
已上了锁　结了枷
蒙上一层乌黑的云
我穿梭于枝叶茂密的森林
愿化作一剂蓝鸲的啁啾
来填充你虚薄的性灵
快来接洽
这满心的期待欢喜
这满心的期待欢喜
已削薄了你的步履

画

阳光明媚的那一天
我匍匐于你的脚下
享受你温情的淋浴
润泽默默地在角落里滋长
优雅地在你身后打了一个结
画纸洁白无瑕的铺陈
似乎已成了浪费
因为　你的威严
已深嵌于纸
浸染每一只边角
再仙的墨毫
也皴染不出你飘渺的色彩

钟 情

初见你的那一刻
就被你眼里漂浮的美学黏合
再见你的那一瞬
又悬停于你武士般的冷漠
你的眼波流转
即使将心用千年冰川覆盖
也挡不住满溢流泻的脉脉柔情
在我的眸下镂刻清晰的印痕
两心交织翩跹而飞的夜晚
繁星闪烁如钻石的光辉
而忽然的雷电轰鸣
顿使万事消停
如今
见你也难
不见你也难

黄昏之歌

黄昏是一个刁蛮的孩子
率性而为
总是载着万两黄金而归
犹如呓语的梦婴
肆意妄为地吮吸着母乳
又犹如我心中常青的
爱恋之歌
总是在不经意之间
在心湖中泛起涟漪
窗外　一行行雁
随着黄昏　疾疾远飞
捎我一波柔情
于大漠以北
那星星野火燎原之地
而此刻的大漠
又或许
云青青兮欲雨
水澹澹兮生烟

舞 剧

将名字写在水上
水面展纹抚出蓝色之恋
在夜的宁静中
水晶宫上演的总是一场
没有观众应和的舞剧
而舞剧中年轻的她啊
簪花笑面
却又总是略带忧伤
既然编剧安排如此
又何苦穷兵黩武
去撞无语之墙
墙上不是已经赫然昭示了
美丽总是与孤独同寝
生与死一起而亡

赶海的姑娘

赶海的姑娘
枕着海螺无韵的旋律歌唱
头纱随海风轻扬
激起千层雪浪

她捋起耳根的秀发
叩问海螺
海平线的那一边
究竟是一个什么样的地方

海螺里传出城市里
汽车渐消的喇叭音
蜜蜂与蝴蝶的竞逐的嗡嗡声
还有那校园花丛中
恋人的呢喃低语

如同打开了潘多拉魔盒
赶海的姑娘
从此睡梦中多了一个梦想

乡下老媪

七月的向晚
旅鸫飞到老媪屋旁的桦树上歌唱
老媪的晒场
罗列了新收的谷香
岁月的长河
在老媪脸上的沟壑中潺潺流淌
夕阳的余晖
在老媪苍黄的皮肤上淡淡泛光
老媪佝偻着身子
收捡她勤劳的晒席回房
可是阿婆　请你别忙
能否借一下你勤劳的晒席
晒一下南国的相思豆
能否借一下你的晒席
晒一下我心中萌动的春天
予我翠微的每一天

后 记

正值金秋硕果累累的时节,蒙各界友人的支持与鼓励,我的诗歌也终于顺时应季,结出了一颗青涩的果实——处女诗集《麇月集》得以正式出版。

我是一个率性而为的人,不想攀比,也决不庸从。我希望自己能在这纷争的社会中,始终持有一颗净澈的初露之心,这初露融含着对生命的纯真之爱、择善之念、悲悯之情。

源于对生命和自然的感悟,更源于这种净澈的初露之心,我捧出这本诗集,宛如捧出初秋的一颗新露,将新露的清透之美呈给大众,就是希望在物欲横流、充满功利得失的世界中,用清透去涤洗人们心中的蒙尘,还原人们生命初始的纯美,比如对爱情的执着,对友谊的忠诚,对弱小的悲悯,对大自然的热爱与敬畏……

这本诗集可谓五味杂陈,七情六欲。个中感味,还待读者细细品读。

感谢各界人士的垂爱,感谢四川省作协文学交流中心杨华副主任、黔江区委宣传部张红部长和黔江区文联钟天龙主席对我一直以来的支持与鼓励。

陈秋歌

2016年9月